4ᴱ VENTE

(N° 104)

Pour cause de cessation de commerce de Mlle BLAISOT

DESSINS ANCIENS

ET MODERNES

De toutes les Écoles

ESTAMPES MODERNES

Gravées au burin et à la manière noire

GRANDES PIÈCES DES XVIIᵉ ET XVIIIᵉ SIÈCLES

GRAVURES EN LOTS

2 et 3 Décembre 1890

Mᵉ **MAURICE DELESTRE**
Commissaire-Priseur
27, RUE DROUOT, 27

M. **DUPONT** Aîné
Mᵈ d'Estampes
24, RUE DE SEINE, 24

IMPRIMERIE D. DUMOULIN ET Cⁱᵉ
Rue des Grands-Augustins, 5, à Paris.

(N° 104)

CATALOGUE

DE

DESSINS ANCIENS

ET MODERNES

DE TOUTES LES ÉCOLES

ESTAMPES MODERNES

GRAVÉES AU BURIN ET A LA MANIÈRE NOIRE

Pour l'encadrement.

LITHOGRAPHIES

GRANDES PIÈCES DES DIX-SEPTIÈME ET DIX-HUITIÈME SIÈCLES

GRAVURES EN LOTS

4ᵉ VENTE

Pour cause de cessation de commerce de Mlle BLAISOT

HOTEL DES COMMISSAIRES-PRISEURS

RUE DROUOT, 9, SALLE N° 4

Les Mardi 2 et Mercredi 3 Décembre 1890

à une heure et demie.

Par le ministère de **Me MAURICE DELESTRE**, commissaire-priseur,
Rue Drouot, 27

Assisté de **M. DUPONT aîné**, marchand d'estampes, rue de Seine, 21.

PARIS, 1890

CONDITIONS DE LA VENTE

Elle sera faite au comptant.

Les acquéreurs paieront 5 0/0 en sus des enchères applicables aux frais.

M. Dupont se réserve la faculté de réunir ou de diviser les lots.

Pour les Dessins nous avons suivi les anciennes attributions.

ORDRE DES VACATIONS

Mardi 2 décembre. Dessins anciens . . .	N^{os}	1 à 191
— Dessins modernes . . .	N^{os}	192 à 270
Mercredi 3 décembre. Estampes.	N^{os}	271 à 449
— Gravures en lots	N^{os}	459 à la fin.

DÉSIGNATION

DESSINS ANCIENS

AKEN (Van)

1 — Paysage avec figures

A la plume, lavé d'encre.

ALBANE (L')

2 — Sujet de l'Histoire ancienne.

A la plume, lavé de bistre.

BACCIO-BANDINELLI

3 — Études de têtes d'hommes.

A la plume. Collection Jules Boilly.

BATTUM (Van)

4 — Le Portement de croix.

A la plume lavé de sépia et rehaussé de blanc. Signé.

BÉGA (Corn.)

5 — Etudes de figures d'hommes.

Trois dessins à la pierre noire, rehaussé de blanc sur papier bleu.

BERGHEM (N.)

6 — Paysan assis sur un âne.

A la pierre noire.

BIBIENA (Ch.)

7 — Vue extérieure d'un palais.

A la plume lavé d'encre de Chine. Signé.

BLEECK (R.-V.)

8 — Chasse à l'ours.

A la plume, lavé d'encre de Chine. Signé.

BOILLY (L.)

9 — Jeune femme assise près d'une table.

A la pierre noire, rehaussé de blanc.

10 — Portraits de Matis, du théâtre de l'Ambigu, et de sa femme.

Deux dessins à la pierre noire.

BOUCHER (Fr.)

11 — Le Feu; allégorie pour un plafond.

Aux crayons rouge et blanc, sur papier teinté.

12 — Jeune paysan portant un nid dans son chapeau.

A la sanguine.

CALLOT (J.)

13 — Hallebardier.

A la sanguine.

14 — Études de figures fantastiques pour un sabbat. — Études de voitures et chariots.

Quatre dessins à la plume, lavés de sépia.

CANO (Alonzo)

15 — Le Jugement dernier.

A la pierre noire, lavé d'encre et de sépia, et rehaussé de blanc.

CARMONTELLE (attr.)

16 — Portrait du chevalier de Lespinasse, en buste, un crayon à la main.

Aux trois crayons.

17 — Le Duc d'Orléans, en buste.

Aux trois crayons, sur papier bleu.

CARRACHE (Aug.)

18 — Saint Jean prêchant.

A la pierre noire, rehaussé de blanc, sur papier brun.

CARRACHE (Louis et Ann.)

19 — Saint François en prière.

Deux dessins au bistre et à la sanguine.

CERANO DI CRESPI

20 — Le saint Nom de Jésus.

A la plume. Collection Vallardi.

21 — Feuille de têtes de moines et de religieux.

A la plume, lavé de sépia. Collection Vallardi.

CORNÉLIS (Wilhelm)

22 — La Présentation au temple.

A la plume, rehaussé de blanc, sur papier teinté. Collections de Médicis et Vallardi.

CORRÈGE (Ant.)

23 — Les Pères de l'Église.

Quatre dessins à la plume, lavés de sépia et rehaussés de blanc. Collection Thomas Laurence.

24 — Étude de figure d'apôtre.

A la plume, lavé de bistre et rehaussé de blanc. Collections Joshua Reynolds et P. Lely.

CORTONE (Pietre de)

25 — Sacrifice antique; décoration d'architecture.

A la plume, lavé de bistre.

COYPEL, SANTERRE et autre

26 — Un Saint prêchant à Athènes. — Le Jugement de Salomon. — La Sainte Trinité.

Trois dessins à la sépia et à l'encre de Chine.

CUYP (Alb.)

27 — Un Cavalier et sa femme, conversant.

A la plume, lavé de sépia.

DEFER (L.)

28 — Lisière d'un bois.

A l'encre de Chine.

DELALOMBE (P.)

29 — La Madeleine dans le désert.

A la pierre noire, lavé d'encre et rehaussé de blanc. Signé et daté 1757.

DE MACHY

30 — L'Odéon en construction.

A la plume, lavé d'encre.

DIETRICY

31 — Paysage.

A la plume, lavé de sépia; signé et daté 1742. Collections Mariette et Van Os.

DU BOIS (Eustache)

32 — Sujet mythologique.

A la plume, lavé de sépia. Collection Kaieman.

DURER (A.)

33 — Études de pieds et de jambes.

Six dessins à la plume. Collection Joshua Reynolds.

34 — Une Sybille.

A la plume, lavé de bistre.

DUSART (Corneille)

35 — Marchande d'oublies.

A la sépia. Signé.

ÉCOLE ALLEMANDE (XVIe siècle)

36 — Une Sainte debout.

A la plume, lavé de bistre. Collections J. Reynolds et W. Ford.

37 — Les Vendanges.

A la plume, lavé d'encre de Chine.

38 — Hommes d'armes au bord d'une rivière.

A la plume.

39 — Etudes de têtes.

Aux trois crayons, sur parchemin. Collections J. Reynolds et W. Ford.

40 — Etudes de têtes

Quatre dessins à la plume. Collection Joshua Reynolds.

41 — Sujets sacrés et profanes.

Treize dessins à la plume, de forme ronde.

42 — Portraits et sujets divers.

Six dessins.

ÉCOLE ALLEMANDE (de Bâle)

43 — Un Seigneur assis sous un dais. — Assemblée de gens de loi, 1574.

Deux dessins à la plume.

44 — Personnages soutenant des armoiries. — Bordure d'un titre.

Trois dessins à la plume.

ÉCOLE FLAMANDE

45 — Neptune et divinités de la mer.

A la plume, lavé d'encre de Chine.

ÉCOLE FLORENTINE

46 — Personnage debout.

A la plume.

ÉCOLE HOLLANDAISE

47 — Marine; au fond, la vue d'une ville.

A la plume.

48 — Marine.

A la plume, lavé de bistre.

EISEN (Ch.)

49 — L'Astronomie.

A l'encre de Chine.

ESCHARD

50 — Un Homme assis.

A la plume, lavé d'encre. Signé.

EVERDINGEN (Van A.)

51 — Paysage avec chutes d'eau.

A la plume, lavé d'encre et de sépia. Collections Silvestre et Mariette.

52 — Habitations au bord d'une rivière.

Aquarelle, signée.

FERRARI (G.)

53 — Deux Pères de l'Église, décoration pour une coupole.

Deux dessins à l'encre de Chine, rehaussés de blanc. Collection Vallardi.

FRAGONARD (H.)

54 — Vue du château de St-Cloud, prise de la balustrade.

A la sépia.

GÉRICHT (A.)

55 — Assemblée de seigneurs.

A la plume, lavé d'encre.

GOLTZIUS (Henri)

56 — La Flagellation du Christ.

A la plume.

GOUJON (Jean)

57 — Études de têtes.

A la plume.

GREUZE (J.-B.)

58 — Étude de tête d'enfant.

A la sanguine.

59 — Etudes de figures d'enfants.

A la pierre noire, lavées d'encre et rehaussées de blanc.

GROENEVEGEN (G.)

60 — Marine.

A la plume, lavé d'encre.

GUARDI (F.)

61 — Magasins de Civitta-Vecchia, pour la construction des galères.

A la plume, lavé de sépia.

62 — Fabriques au bord d'une rivière.

A la sépia.

GUIDO-RENI

63 — Le Massacre des Innocents.

A la plume, lavé de sépia.

HOPFER (Daniel)

64 — Sacrifices humains.

A la plume. Collection Vallardi.

HUBER (Rudolf)

65 — Costumes.

Huit dessins à l'encre de Chine.

HUET (J.-B.)

66 — Paysages à l'entrée d'un jardin.

Deux dessins à la pierre noire et à la sépia. Signés et datés 1793.

67 — Vues prises d'après nature, à Villiers.

Deux dessins à la pierre noire.

JORDAENS (J.)

68 — Assemblée des dieux.

Grand dessin aux crayons de couleurs. Collection Joshua Reynolds.

KILIAN (LUCAS)

69 — Le Maréchal d'Effiát.

A la mine de plomb. Collections Hone et W Ford.

KOBELL (HENRI)

70 — Paysan assis.

A la pierre noire,

LAGRÉNÉE le Jeune

71 — Tête de jeune femme, de profil.

Aux trois crayons, sur papier bleu. Collection Giraud.

LANCRET (N.)

72 — Etude de figure d'enfant.

A la sanguine: on y a joint la gravure, — Au verso : plusieurs croquis, études de têtes.

LARGILLIÈRE

73 — Portrait de femme.

A la pierre noire, légèrement lavé d'encre de Chine. Collection J. Gigoux.

74 — Etudes de figures de jeunes filles.

A la pierre noire, lavé d'encre.

LA RUE

75 — Triomphe de Bacchus. — Triomphe de Cérès.

    Deux dessins à la plume, lavés d'aquarelle.

LAVALLÉE-POUSSIN

76 — La Justice ; grande composition en forme de frise.

    A la sépia

LE BRUN (Ch.)

77 — Allégorie sur les arts.

    A la plume, lavé de sépia.

LE BRUN et Ph. de CHAMPAGNE

78 — Le Martyre d'une sainte. — Apparition de SS. Gervais et Protais à saint Ambroise.

    Deux desssins à la sépia et à la pierre noire, rehaussés de blanc.

LE CLERC (Séb.)

79 — Le roi donnant audience à plusieurs seigneurs.

    A la plume, lavé d'encre de Chine.

LEONI (Ottavio)

80 — Portraits de femmes.

    Deux dessins à la pierre noire, rehaussés de pastel.

LE PRINCE (J.-B.)

81 — Paysannes gardant leurs troupeaux.

    A la pierre noire, lavé d'encre de Chine. Signé.

LESPINASSE (le chev. de)

82 — Le Jardin des Tuileries et le Garde-meuble, en 1760.

    A la mine de plomb,

LESUEUR (F.)

83 — Paysage avec habitations.

    A l'encre de Chine.

LINTMEYER (Daniel)

84 — Suzanne et les vieillards.

A la plume. Daté 1573.

LORRAIN (Claude)

85 — Paysage.

A la plume. Collection Vallardi.

LUYKEN (Jean Van)

86 — Le Jugement de Salomon.

A la plume, lavé d'encre de Chine. Collections J. Reynolds et Ford. — Au verso : un autre dessin.

MALLET

87 — Une sainte en prière.

Aquarelle gouachée.

MARATTE (Carle)

88 — Adoration des bergers.

A la plume, lavé de bistre

MIEREVELT

89 — Portrait d'homme.

A la pierre noire, rehaussée de blanc, sur papier bleu.

MONNET (Ch.)

90 — Allégorie, avec portrait de Louis XVI.

A la plume, lavé de bistre.

MOONINCKS (Corn.)

91 — Assemblée de paysans.

A la mine de plomb, sur parchemin.

MOREAU le Jeune

92 — Vénus et l'Amour apparaissant à un guerrier.

A la plume, lavé de sépia.

MURILLO

93 — L'Enfant Jésus apparaissant à des petits enfants.

A la pierre noire, rehaussé de blanc.

94 — Des Moines adorant la Vierge.

A la plume, lavé de sépia. Collections P. Silvestre et Ford.

OMMEGANCK (Balth. P.)

95 — Paysage avec chaumière.

A l'encre de chine.

PARROCEL (Ch.)

96 — Chasse au sanglier.

A la plume, lavé d'encre.

¡PÉRIN DEL VAGA et autres

97 — Études de figures et sujets divers.

Cinq dessins à la plume et au bistre.

PILLEMENT

98 — Paysages au bord d'une rivière.

Trois dessins à la pierre noire. Signés.

99 — Etudes de paysage et de figure.

Neuf dessins à la pierre noire, rehaussés de pastel.

100 — Etudes de fleurs.

Quatorze dessins à la pierre noire. Signés.

101 — Vues et paysages.

Quarante dessins à la sépia. Signés.

PIRANESI

102 — Intérieur d'un palais,

A la plume, lavé de bistre.

POUSSIN (N.)

103 — Le mariage mystique de sainte Catherine. — Apollon instruisant les bergers.

Deux dessins à la plume lavés d'encre de chine et de bistre.

104 — Personnages debout.

A la plume, lavé de sépia. Collection Bougeny. — Au verso : un autre dessin.

105 — Episode du siège de la ville de Faleries.

A la plume, lavé d'encre de Chine. On y a joint la gravure.

PRIMATICE (le)

106 — Sujet de l'histoire romaine. — Une salle de festin.

Deux dessins à la pierre noire et à la plume, lavés de bistre.

PRUDHON (P.-P.)

107 — Pluton présidant aux Enfers.

A la pierre noire.

108 — Décoration d'un café où allait Bonaparte avant son départ pour l'Egypte.

Aquarel e.

QUAIN (W.)

109 — Intérieur de fermes.

Deux dessins à l'encre de Chine. Signés et datés 1789.

RAPHAEL SANZIO

110 — Plafond.

A la plume. Collection Joshua Reynolds.

RAPHAEL (École de)

111 — Etude de figure d'enfant.

A la plume, lavé de bistre. Collection Joshua Reynolds.

112 — Etudes diverses.

Huit dessins à la plume. Collections Joshua Reynolds, Daulby et F. Word.

REMBRANDT (Van Rhyn)

113 — Joseph consolant les prisonniers.

A la sanguine.

114 — Chasse au lion.

A la sépia. Signé.

115 — Vieillard lisant.

A la plume, lavé de sépia.

RIDINGER

116 — Ours dans des rochers.

A la pierre noire. Colloction du duc de Feltre.

ROBERT (Hubert)

117 — Son portrait, en buste, grandeur naturelle.

A la pierre noire, rehaussé de blanc.

118 — Intérieur d'un palais en ruines.

A la sanguine.

119 — Entrée d'un parc.

A la pierre noire.

ROMAIN (Jules)

120 — Diane. — Etudes de casques.

Trois dessins à la plume, lavés de sépia. Collections Reynolds et **W. Ford**.

ROMAIN (Jules) et autres

121 — Etudes de figures et d'ornement.

Vingt-sept croquis à la plume et à la sanguine provenant d'un album ayant appartenu à Joshua Reynolds.

ROMANELLI

122 — Triomphe de Flore; composition pour un plafond.

A la plume, lavé de bistre.

ROOS (Henri)

123 — Berger et bergère gardant leurs troupeaux.

A la plume, lavé d'encre de Chine. Signé.

ROOS (de Tivoli)

124 —· Animaux passant un gué.

Au crayon, lavé de sépia. Collection Mariette.

ROSSI (Fr.)

125 — Vénus et l'Amour.

A la plume, lavé de bistre. Collection Vallardi.

ROVERE DEL MORO

126 — Les derniers moments d'un saint.

A la plume, lavé de sépia.

RUBENS (P.-P.)

127 — Le Christ et la Vierge apparaissant à deux religieux.

A la pierre noire. Collection Vallardi.

128 — Statue d'un dieu marin.

A la sanguine. Collection Bougeny.

RUYSDAEL (Jacob)

129 — Paysage à l'entrée d'un village.

A la pierre noire, lavé d'encre de Chine.

SAENREDAM

130 — Etude de la figure de Persée. — La Navigation.

Deux dessins à la plume.

SAINT-AUBIN (Gabr. de)

131 — Jeune femme en pied de profil.

A la pierre noire.

SANTERRE

132 — Compositions exécutées pour des panneaux.

Trois dessins à la pierre noire rehaussés de blanc sur papier bleu.

SALEMBENI

133 — Le mariage de la Vierge.

A la plume, lavé de sépia.

134 — Sainte Marguerite.

A l'encre de Chine, sur parchemin. Signé. Collection Richardson.

SALVATOR ROSA

135 — Sujet de la Bible.

A la plume. Collections Joshua Reynolds et Osborne.

SCHOEN (ERHARD)

136 — La Nativité. — Martyre d'une sainte. — Ensevelissement d'une sainte.

Trois dessins à la plume, lavés d'aquarelle, sur papier à la couronne impériale de Maximilien, empereur d'Allemagne.

SCHIDONE (B.)

137 — Sainte Famille.

A la plume, lavé d'encre.

SPRANGER (BARTH.)

138 — Saint Dominique.

A la plume.

STÉEN (JEAN)

139 — Buveur assis.

A la sanguine.

STIMMER

140 — Ecusson d'armes.

A la plume.

STRADAN (J.)

141 — Ecce-homo.

A la sépia, rehaussé de blanc sur papier bleu.

142 — Saturne.

A la plume, lavé de sépia et rehaussé de blanc. Signé.

SWAGERS

143 — Paysage au bord d'une route.

Sépia et encre de Chine.

SWEBACH DES FONTAINES

144 — Campement de troupes près d'un palais.

A la plume, lavé de sépia et d'aquarelle. Signé et daté 1788.

145 — Marche de troupes.

A la plume, lavé de sépia.

TITIEN (LE)

146 — Paysage avec fabriques.

A la plume. Collections P. H. Lankrink, Richardson et Donnadieu.

UDEN (LUCAS VAN)

147 — Paysage avec figures et habitations.

A la plume, lavé d'aquarelle. Collection Mariette.

ULFT (VAN DER)

148 — Entrée d'un palais.

A la plume, lavé d'encre de Chine. Signé.

VAN DE VELDE (ADR.)

149 — Études d'animaux.

Sept croquis à la pierre noire.

VAN DE VELDE (ISAAC)

150 — Réunion de plusieurs personnages.

A la plume, lavé de bistre. Collection Dailly's.

VAN DE VELDE (W.)

151 — Marine.

A l'encre de Chine.

VAN DAEL

152 — Fleurs et Fruits.

A la sépia.

VAN DER MEULEN

153 — Marche de cavaliers.

A la pierre noire.

154 — Une bataille. — Halte de chasse.

Deux dessins à la pierre noire, dont un lavé de bistre.

155 — Projets de fontaines, pour le parc de Versailles.

Au crayon, lavé de sépia.

VAN DYCK (ANT.)

156 — Le Christ flagellé.

A la sépia.

157 — Le denier de César.

A la sépia.

158 — La Vierge apparaissant à deux religieux.

A la plume, lavé de sépia. Collection W. Ford.

VIDAL

159 — L'Egalité devant la mort.

A la plume, lavé d'indigo.

VIGLIANIS

160 — Paysage avec ruines et cascade.

A la pierre noire, lavé de sépia. Signé.

VINCENT

161 — Paysanne assise près d'une table.

Aux trois crayons, signé. Avec dédicace à Mlle Capet. 1790.

VOS (Martin de

162 — Le Christ en croix.

A la plume, lavé de bistre.

WATELET

163 — Vue prise à Gournay en Picardie.

A la plume, lavé d'encre. Signé.

WATTEAU (d'après Ant.)

164 — Etudes de têtes.

Deux dessins à l'aquarelle.

WEINRINCH

165 — Seigneur à cheval ; au dessus : un paysan conduisant sa charrue, et en bas : une vue de ville.

A la plume, lavé de sépia, daté 1562.

WOUVERMANS (Philippe)

166 — Etude de cheval.

A la pierre noire, lavé de sépia. Signé.

DIVERS

167 — Feuille d'un livre d'église.

Miniature sur parchemin.

168 — Décoration architecturale avec sujet mythologique.

A la plume, lavé de sépia.

169 — Projet d'autel.

A la plume, lavé de bistre. Collection Mouriau.

170 — Mort du général Wolff devant Québec, en 1759, grand in-folio.

A la plume, lavé de sépia.

171 — Danaé, d'après le Titien. — Hermaphrodite, du palais Borghèse.

Deux gouaches.

DIVERS

172 — Médaille avec portrait de Napoléon Ier. — Figures allégoriques.

Cinq dessins à la plume et en camaïeu.

173 — Une salle de concert.

A la plume, lavé d'encre.

174 — Voitures de gala, du xviie siècle.

Quatre dessins à l'aquarelle.

175 — Vue du petit Chatelet de Paris et du pont au Change. — La Chartreuse de la rue d'Enfer.

Deux dessins à l'aquarelle.

176 — Vues de Venise.

Quatre dessins à l'encre de Chine et à l'aquarelle.

177 — Dessins par Chérubin Alberti, Burrini, Le Corrège, Donato, Guido Reni, Périn del Vaga, le Pésarèse.

Dix pièces.

178 — Dessins par Caraglio, Salviati, le Guerchin, Ferrari, Polidore de Caravage, le Pésarèse et autres.

Seize pièces.

179 — Dessins par Ann. Carrache, Lucas Cangiage, Le Parmesan, Procaccini, Guardi, Pietre Testa, Lanfranc, F. Zuccaro, le Titien.

Vingt-deux pièces.

180 — Dessins par le Primatice, Polidore de Caravage, André del Sarte, Lanfranc, le Guerchin, Pietre de Cortone, Jules Romain.

Trente pièces.

181 — Dessins divers de l'Ecole italienne.

Quarante-cinq pièces.

182 — Ecole allemande du xvie siècle.

Dix dessins à la plume, lavés de sépia.

DIVERS

183 — Dessins par J. Jordaens, Luyken, Th. Wick, de Momper, Rembrandt, Van Dyck, Waterloo, Van Artois, Seb. Franck, Diepenbeck, Berghem, Van Bloemen, D. Séghers, Verboeckhoven, Ribera, Murillo.

Trente-six pièces.

184 — Dessins par Diétricy, Van Hoëck, Elsheimer, et costumes d'après Holbein.

Trente-deux pièces.

185 — Vues et paysages par Baudouins, Patel, Palmérius, de Périgny, Hubert Robert, Valenciennes.

Vingt-deux dessins.

186 — Dessins par J. Callot, Van der Meulen, Alb. Flamen, Nicolas Loir, Coypel, Greuze, Boucher, Cochin, Demarne, Géricault.

Trente-deux pièces.

187 — Dessins par Carmontelle, Cochin, C. Coypel, Eisen, Gravelot, N. Lancret, Lafosse, Larue, Le Prince, Seb. Le Clerc, Gabriel de Saint-Aubin.

Trente-quatre pièces.

188 — Portraits et études de figures par J. B. Greuze, Portail, Boucher, L. Boilly, de Boissieu, Isabey, Vincent.

Vingt dessins.

189 — Ornements et architecture par Pannini, Hubert Robert, Le Pautre, Abr. Bosse, Prudhon et autres.

Vingt dessins.

190 — Dessins d'ornement et d'architecture.

Vingt-quatre pièces.

191 — Dessins divers anciens.

Quarante pièces.

DESSINS MODERNES

BLAISOT (Eug.)

192 — Portraits de Molière avec entourage ornementé.
Deux dessins à l'encre de Chine et à l'aquarelle.

193 — Eventails.
Deux aquarelles.

194 — Etudes de fleurs et de fruits.
Dix dessins à l'aquarelle.

195 — Paysages, sujets historiques, intérieurs d'atelier, portrait, etc.
Dix-huit dessins à l'encre de Chine, à la plume et à l'aquarelle.

BONHEUR (Rosa)

196 — Etudes d'animaux.
Trois dessins à la pierre noire.

BONINGTON (R.-P.)

197 — Une rue de village. — Croquis de maisons gothiques.
Deux dessins à la plume et à l'aquarelle.

BOUCHOT (F.)

198 — Portraits de Turenne, le grand Condé, Vauban, Régnard, en pied.
Quatre dessins à la pierre noire, estompés et rehaussés de blanc ; signés.
Ont été gravés.

BOULANGER (Louis)

199 — Scène du moyen âge.
Aquarelle.

BOUTON ET GRANET

200 — Intérieurs de cloîtres.
Quatre dessins à la sépia.

BRUNE

201 — Porte taillée dans le roc, à Besançon.
Aquarelle.

CAGNIARD (Eug.)

202 — Etudes de fleurs.
Dix dessins à l'aquarelle. Signés.

CARPENTIER (Paul)

203 — Etudes de fruits.
Deux aquarelles. Signées.

CHAPUY

204 — Vue du palais et du parc de Versailles.
A la mine de plomb, lavé d'encre et rehaussé. Signé et daté.

205 — Vues de la cathédrale, de l'église Saint-Jean et de l'Hôtel de Ville de Châlons-sur-Marne.
Cinq dessins à la mine de plomb.

206 — Cathédrade de Senlis, église de Saint-Lô, Place Royale à Bordeaux, le vieux Strasbourg, église de Marmoutiers, etc.
Six dessins à la mine de plomb. Signés.

207 — Vues de Juilly, Chalon-sur-Saône, Bourgneuf, Lyon, etc.
Vingt dessins à l'aquarelle et à la sépia.

CHARLET

208 — Une jeune femme en costume oriental.
Aquarelle. Avec description autographe.

CHASSELAT (Ch.)

209 — Vignettes pour divers ouvrages in-8°.

Trente et un dessins à la sépia. Signés.

CLÉRIAN

210 — Intérieurs de cloîtres.

Cinq dessins à la sépia et à l'aquarelle.

COUTURIER

211 — Vue du château de Chanteloup.

Aquarelle. Signée et datée 1831.

CURZON (A. DE)

212 — Paysage avec figures.

Etude peinte. Signée et datée.

DAUZATS

213 — Les fossés des Tuileries et le Garde-meuble.

A la sépia.

DEBRET (F.)

214 — Candélabre.

A la plume, lavé de bistre. Signé.

DELAROCHE (Paul)

215 — Costumes du duc d'Yorck dans les *Enfants d'Edouard.*
— Etude de tête d'homme.

Trois dessins à l'aquarelle.

DEVÉRIA (Eug.)

216 — Portraits de François Ier, Louis XIV et Mlle de Fon-
tanges.

Trois dessins à la pierre noire, dont un rehaussé de blanc. Signés et datés.

DUBOIS (L.)

217 — Allégorie, avec le testament de Louis XVI.

A la pierre noire. On y a joint la gravure.

DUPENDANT

218 — Costumes.

Sept dessins à l'aquarelle. Signés.

FORTUNY

219 — Intérieur d'un temple mauresque.

A la plume. Signé.

FRAGONARD fils

220 — Madame de Maintenon et la devineresse.

A la sépia.

GÉRICAULT (Th.)

221 — Etudes de figures et de draperies.

A la plume.

GÉROME

222 — Personnage grec debout.

A la mine de plomb, rehaussé de blanc et d'aquarelle.

JOLIVARD

223 — Paysage.

Sépia et encre de Chine. Signé.

JOYANT (Jules)

224 — Vue de Venise.

A la pierre noire. Signé.

KINGSTON (W.)

225 — Paysage avec figures et habitations.

A l'aquarelle. Signé.

LEROY (Séb.)

226 — Vignettes pour divers romans, in-12.

Cent sept dessins à la sépia, la plupart signés.

LORSAY (Eustache)

227 — Portrait de Provost du Théâtre-Français, avec scènes tirées du théâtre de Molière.

Trois dessins dont un à l'aquarelle.

LUCAS

228 — Vues de Rome.

Deux dessins à l'aquarelle.

MADOU et LAWTERS

229 — Intérieur flamand. — Paysage à l'entrée d'un bois.

Deux dessins à la mine de plomb et à la sépia.

MARAGE et DESMAISONS

230 — Vues de la Sainte-Chapelle et du Palais de Justice.

Deux dessins à l'aquarelle et à la sépia.

MARILHAT

231 — Vues et études faites en Algérie.

Trois dessins à la pierre noire, rehaussés de blanc.

MARTIN (Paul)

232 — Vue d'un village.

Aquarelle. Signée.

MOINE (Ant.) et autres

233 — Vues des moulins de Montmartre.

Trois dessins à la pierre noire et à l'encre de Chine.

PAPÉTY (D.)

234 — Villa d'Este à Tivoli. — Villa Chigi.

Deux aquarelles. Signées.

PERNOT

235 — Le Pont d'Arcole. — Vue du Pont des Arts et du Pont-Neuf. — Vue de Paris sous Louis XIII.

Trois dessins à la sépia et à l'aquarelle.

ROBERT (Léopold)

236 — Musiciens italiens.

A la pierre noire. Signé et daté.

ROUARGUE

237 — Eglise Saint Merry à Paris. — La Fontaine du Châtelet.

Deux dessins à l'encre de Chine et à l'aquarel'e.

238 — La Fontaine des Innocents. — La Pompe Notre-Dame.

Deux dessins à l'aquarelle.

RUHIERRE

239 — Etudes de portraits d'après nature.

Six dessins à la mine de plomb.

TRIMOLET

240 — Cascades ds Saint-Cloud.

A la pierre noire, rehaussé de blanc. Signé.

241 — Le Comte de Schomberg, en pied. — Claude de Lorraine, premier duc de Guise.

Deux dessins à la mine de plomb, pour la *Galerie de Versailles*.

VEYRASSAT

242 — Intérieurs de ferme.

Cinq dessins à la plume et à la sépia.

DIVERS

243 — Sujets historiques et de genre.

Douze dessins, dont plusieurs à l'aquarelle.

244 — Costumes de théâtre et autres.

Trente-deux dessins au crayon et à l'aquarelle.

245 — Caricatures, portraits charges.

Quinze dessins.

246 — Etudes de chevaux.

Treize dessins.

DIVERS

247 — Frises, bordures, armoiries, fleurons, adresse.
Dix-huit dessins.

248 — Etudes de fleurs.
Quarante-cinq dessins à l'aquarelle.

249 — Tombeau de Casimir Perier.
Douze dessins à la sépia et à l'encre de Chine.

250 — Portraits de Voltaire et de Rousseau, in-12.
Deux dessins à la sépia, le médaillon en camaieu.

251 — Portraits de Marie-Antoinette, Louis XVI et le Dauphin, in-8.
Cinq dessins à l'encre de Chine et à la sépia.

252 — Portraits de Mme de Pompadour, Mme de Parabère. Mme de Prie, Henriette de France, Mme Deshoulières, Marie Stuart, in-8.
Sept dessins à l'encre de Chine et à l'aquarelle.

253 — Portraits, in-8.
Onze dessins à la sépia.

254 — Portraits divers.
Vingt-neuf dessins.

255 — Entourages de portraits, in-8.
Trois dessins à l'encre de Chine.

256 — Vignettes pour *Paul et Virginie*, les œuvres de Molière, etc.
Six dessins à la sépia.

257 — Suite de vignettes pour *Gil Blas* et *Lazarille de Tormès*, de Lesage, d'après les bois de Gigoux et Meissonier, in-8.
Cinquante-deux dessins à la sépia et à l'aquarelle.

258 — Vignettes diverses, in-12.
Cent vingt-cinq dessins, sépia et encre de Chine.

259 — Fleurons et fins de pages.
Quarante-sept dessins à la sépia.

DIVERS

260 — Vignettes d'almanachs.
Vingt-trois dessins à la sépia.

261 — Vignettes modernes.
Cent soixante dessins.

262 — Voitures de gala.
Sept dessins à l'aquarelle rehaussés d'or.

263 — Vue de Paris, prise du quai de l'Ecole, grand in-fol.
A l'encre de Chine.

264 — Vues de France.
Huit dessins à la sépia et à l'aquarelle.

265 — Vues de Rome et d'Italie, très grand in-fol.
Six dessins à l'aquarelle.

266 — Vues et paysages.
Vingt dessins à l'aquarelle.

267 — Vues et paysages.
Trente-huit dessins, la plupart à la sépia.

268 — Dessins et croquis d'ornement et d'architecture.
Un portefeuille contenant environ cent pièces.

269 — Dessins divers modernes.
Un portefeuille contenant environ cent vingt pièces.

270 — Environ vingt albums de croquis.
Plusieurs lots.

ESTAMPES

ADAM (P.)

271 — Louis XVI distribuant des aumônes pendant l'hyver
de 1780, d'après Hersent, in-fol. Epreuve d'artiste sur
chine.

ALLAIS (P.)

272 — Cornélie, mère des Gracques. — Socrate instruisant
Alcibiade, d'après Schopin, grand in-fol. Deux pièces,
belles épreuves.

ANSELIN

273 — Molière lisant le *Tartuffe* chez Ninon de Lenclos, d'après
Monsiau, grand in-fol. Epreuve avant la lettre, grandes
marges.

AUDOUIN et BLANCHARD

274 — Jupiter et Antiope, d'après le Corrège. Deux pièces,
belles épreuves.

AUDRAN (G.)

275 — Le Martyre de sainte Agnès, d'après le Dominiquin.
Très belle épreuve, marge.

BAL (J.)

276 — L'Amour en visite, d'après Hamon. Epreuve avant la
lettre sur chine.

BAL (J.) et LEVASSEUR

277 — L'Amour en visite. — Ma sœur n'y est pas, d'après
Hamon. Deux pièces, très belles épreuves, dont une sur
chine

BALÉCHOU (J.)

278 — Sainte Geneviève, patronne de Paris, d'après Vanloo.
Deux épreuves dont une très belle, avant les raies.

279 — La Tempête, d'après Joseph Vernet. Deux épreuves,
dont une avant les raies.

BALLIN (J.)

280 — Portrait de George Sand, in-8. Dix épreuves.

BEAUVARLET

281 — L'Histoire d'Esther, d'après de Troy. Sept pièces, très
belles épreuves, dont une avant la lettre.

282 — Les Couseuses, d'après le Guide. Belle épreuve.

BEIN (J.)

283 — La Nymphe, d'après Lancrenon. Cinq épreuves avant
la lettre.

BERNARD

284 — M. Necker, Henri IV, Sully, en calligraphie, par
Montainville et Petit. Trois pièces, la première en couleur.

BERTHAULT

285 — Vue perspective de la place Louis XV et du pont
Louis XVI, grand in-fol. Très belle épreuve, marge.

BERVIC et R. MASSARD

286 — Louis XVI en pied, d'après Callet. — Louis XVIII,
d'après Gérard, grand in-fol. Deux pièces, belles épreuves,
marge.

BLAISOT (Eug.)

287 — Portraits de Molière, Larochelle, Grassot et autres
gravés à l'eau-forte. Quatorze pièces, dont plusieurs
avant la lettre et non terminées.

BOILLY (J.)

288 — Portraits de membres de l'Institut. Deux cent quatre-
vingt-quatre pièces.

BOVINET, COINY et P. ADAM

289 — Victoire d'Aboukir. — Bataille de Marengo. — Passage de la Bérésina, grand in-fol. Trois pièces, belles épreuves.

CARON (Ad.)

290 — Faust apercevant Marguerite pour la première fois, d'après Ary Scheffer. Belle épreuve sur chine.

CAZENAVE

291 — Napoléon Ier en pied, en costume du sacre, d'après Vandermol, grand in-fol. Six épreuves en noir et en couleur.

CHAMPIN et TIRPENNE

292 — Vues de France et d'Italie, lithographies, grand in-fol. Quatorze pièces en noir et coloriées.

CHATILLON (H.)

293 — Endymion, d'après Girodet. Deux épreuves dont une du premier état avant le nuage.

294 — La France transmet à l'Immortalité le testament de Louis XVI, d'après L. Dubois, in-fol. Dix épreuves dont trois avant la lettre.

CHATILLON et M. BLOT

295 — Offrande à Esculape, — Marcus-Sextus, d'après Guérin. Deux pièces, belles épreuves.

CHÉREAU et DAULLÉ

296 — P. Lemercier, imprimeur, Claude de Saint-Simon, N. de Largillière, Ch. J. Colbert, évêque de Montpellier, in-fol. Quatre pièces, belles épreuves.

CLAESSENS

297 — Le Ménage hollandais, d'après Gérard Dow. Deux épreuves sur chine, dont une avant toute lettre.

CORNILLIET (Alfr.)

298 — Mozart à Vienne, d'après Hamman, très grand in-fol. Belle épreuve.

CORNILLIET et ALLAIS

299 — Van Dyck quitte Rubens pour se rendre en Italie. — Rubens peignant le portrait de la femme au chapeau de paille, d'après de Keyser. — Raphaël présenté à Léonard de Vinci, d'après Brune-Pagès, très grand in-fol. Trois pièces, belles épreuves collées.

COTTIN

300 — Une Matinée chez Rubens. — Une Soirée chez Van Dyck, d'après Mès, très grand in-fol. Deux pièces, belles épreuves.

CUNÉGO (G.)

301 — Frédéric II, roi de Prusse, en pied, d'après Cuningham. Belle épreuve.

DE BOISSIEU (J.-J.)

302 — Partie de l'œuvre de De Boissieu. Soixante-seize pièces.

DEBUCOURT

303 — Mameluck, d'après Carle Vernet. Belle épreuve en couleur.

304 — Le Départ pour la chasse, d'après Carle Vernet. Très belle épreuve en bistre.

305 — Grand-garde de lanciers polonais, d'après Horace Vernet. Très belle épreuve.

DE LAUNAY (N.)

306 — Marche de Silène, d'après Rubens. Épreuve avant la dédicace.

DE LAUNAY (Rob.)

307 — Bain des femmes mahométanes, d'après Lebarbier,
grand in-fol. Très belle épreuve avant la lettre.

DESNOYERS (A.)

308 — Bélisaire, d'après Gérard. Très belle épreuve.

DEVÉRIA (Ach.)

309 — Contes de La Fontaine, in-4. Vingt-neuf pièces, belles
épreuves.

DIVERS

310 — Portrait de Frédéric Bérat, d'après Mélotte, de Rouen,
in-fol. Trois épreuves d'artiste sur chine.

311 — Portrait de Mirabeau, en buste, grandeur naturelle.
Douze épreuves.

312 — Moïse, d'après Michel-Ange, photographie, grand in-
folio. Très belle épreuve.

313 — Le Bal, — le Concert, d'après Aug. de Saint-Aubin,
photographies in-4° et in-fol. 20 pièces, en nombre.

DREVET (P.)

314 — Samuel Bernard, d'après Rigaud. Deux épreuves dont
une ancienne.

315 — Louis XV, roi de France, d'après Rigaud. Très belle
épreuve remargée et restaurée.

DREVET (P. et Cl.)

316 — Léonard Delamet, Réné Pucelle, Pierre Calvairac, in-
fol. 3 pièces, belles épreuves.

DUTHÉ

317 — Apothéose de Louis XVI, d'après Hamilton, grand in-
folio. Belle épreuve en couleur. — Plus deux dessins à
l'aquarelle.

EDELINCK (G.)

318 — Moïse, d'après Ph. de Champagne. Très belle épreuve.

319 — Le Christ aux Anges, d'après Lebrun, en deux feuilles grand in-folio. Très belle épreuve ancienne.

EDELINCK et SCHMIDT

320 — Mme Hélyot, d'après Galliot. — Ch. Gabriel de Caylus, d'après Fontaine, in-folio. Deux pièces, belles épreuves.

[FITTLER (J.)

321 — La glorieuse victoire obtenue sur les Français le 1er juin 1794, d'après P. de Loutherbourg, grand in-folio. Très belle épreuve.

FORSTER

322 — Les trois Grâces d'après Raphaël. Très belle épreuve sur chine.

323 — François Ier et Charles-Quint visitant les tombeaux de Saint-Denis, d'après Gros. Très belle épreuve sur chine.

FORTIER

324 — Forêt vierge du Brésil. Deux épreuves à l'eau-forte pure.

FRAGONARD (H.)

325 — Pèlerinage à Saint-Nicolas, par J. Mathieu. Très belle épreuve.

FRANÇOIS (Alph.)

326 — Marguerite à l'église, d'après Ary Scheffer. Belle épreuve sur chine.

GAILLARD (R.)

327 — H. L. Bertin, ministre et secrétaire d'Etat, d'après Roslin, in-folio. Deux épreuves dont une très belle.

GAVARNI

328 — Souvenirs de carnaval, Revue et Gazette musicale,
sujets tirés de l'*Artiste*, Perles et Parures, etc. Cinquante-
deux pièces

GELÉE (F.)

329 — Daphnis et Chloé, d'après Hersent. Epreuve d'artiste
sur Chine, toute marge.

330 — La Justice et la Vengeance divines poursuivant le crime,
d'après Prud'hon. Deux épreuves dont une avant la lettre
sur Chine.

531 — L'Idylle, l'Elégie d'après Landelle, Diplôme de récom-
penses aux artistes, Daphnis et Chloé d'après Hersent,
Portraits de Césars, etc. Cent dix pièces, la plupart en
épreuves d'essai non terminées et à l'eau-forte pure.

GIRARD (F.)

332 — L'archange Gabriel, d'après Paul Delaroche. Onze
épreuves avant la lettre.

333 — Béatitude, d'après Landelle. — Les saintes femmes au
tombeau du Christ, d'après Ary Scheffer. Vingt épreuves
d'essai et d'artiste.

334 — Un Mariage de raison. — La Lecture du testament,
d'après Goyet, très grand in-folio. Sept épreuves avant et
avec la lettre.

335 — Les Italiennes à la fontaine. — Il dolce far niente,
d'après Winterhalter, — La Cueille des figues, d'après
O. Guet, très grand in-folio. Quarante épreuves en nombre,
presque toutes avant la lettre.

336 — Rébecca et le templier, d'après Léon Cogniet, six
épreuves avant la lettre.

337 — Richelieu — Mazarin, d'après Paul Delaroche, très
grand in-folio. Cinq pièces, dont trois avant toute lettre.

GIRARD (F.)

338 — Léonard de Vinci peignant la Joconde, grand in-folio.
Quatre épreuves avant la lettre.

339 — Marie Stuart. — Elisabeth d'Angleterre, d'après Alfred
Johannot, grand in-folio. Sept épreuves, dont cinq avant
la lettre.

340 — Luther affichant ses thèses à Wittemberg en 1517. —
Luther brulant la bulle du Pape, très grand in-folio.
Douze épreuves dont neuf avant la lettre.

341 — Saint Vincent de Paul. — Saint François de Sales,
d'après Canon, in-folio. Huit épreuves avant la lettre.

342 — Bonaparte traversant les Alpes, d'après Steuben, grand
in-folio. Neuf pièces avant la lettre.

343 — Charlotte Corday, dans sa prison, d'après H. Scheffer.
Dix épreuves avant la lettre.

344 — Le comte et la comtesse de Chambord en pied, d'après
Pérignon, grand in-folio. Onze épreuves avant la lettre.

345 — Louis XVIII dans son cabinet d'après Gérard. Deux
épreuves dont une avant toute lettre.

346 — Louis Philippe en pied, d'après Hersent, grand in-folio.
Treize épreuves, dont neuf avant la lettre.

347 — Portrait de M. Villemain, d'après Ary Scheffer, in-folio.
Dix épreuves.

GIRARDET (Ed.)

348 — Les Girondins, d'après Paul Delaroche, grand in-folio.
Belle épreuve, restaurée.

GODEFROY (J.)

349 — La Bataille d'Austerlitz, d'après Gérard. Très belle
épreuve avant la lettre.

350 — La même estampe. Très belle épreuve.

GODEFROY (J.)

351 — Le Retour de la course. — La Mort d'Hippolyte, d'après Carle Vernet, grand in-folio. Deux pièces, très belles épreuves.

GREUZE (J.-B.)

352 — L'Accordée de village. — Le Paralytique servi par ses enfants par J.-J. Flipart. Deux pièces, très belles épreuves; la seconde est remargée.

353 — Le Paralytique. Deux épreuves dont une à l'eau-forte pure.

354 — Le Gâteau des rois, par Flipart. — La Belle-mère, par Levasseur. Deux pièces, très belles épreuves.

355 — La Mère bien-aimée, la Belle Mère, le Testament déchiré. Six pièces.

GUÉRIN (C.) ET AUDOUIN

356 — L'Amour désarmé. — Jupiter et Antiope, d'après le Corrège. Trois pièces, belles épreuves.

GUNST (P.) ET VERMEULEN

357 — Lucy, comtesse de Carlisle. — Marguerite Smith, en pied. — Marie Louise de Tassis, d'après Van Dyck. Trois pièces.

HAID ET WRENCK

358 — L'Annonciation. — La Visitation de la Vierge, d'après Vanderwerf. — Le Repos en Egypte, d'après Gentileschi, grand in-folio. Trois pièces, belles épreuves.

HENRIQUEL DUPONT

359 — La Vierge et l'Enfant Jésus, d'après Raphaël. Epreuve avant la lettre sur chine.

360 — Pierre le Grand d'après Paul Delaroche. Epreuve d'artiste sur chine, toute marge.

HENRIQUEL-DUPONT

361 — Louis Philippe en pied; in-fol. Epreuve d'artiste avec dédicace, signée. — Plus une épreuve non terminée.

HENRIQUEZ (L.)

362 — La Robe de satin, d'après G. Terburg. Belle épreuve avant la lettre.

HOLLAR (W.)

363 — Le somptueux frontispice de l'église Notre-Dame de Reims. Belle épreuve.

INGOUF le Jeune

364 — La Mort du général Marceau, d'après Lebarbier, grand in-fol. Trente-huit épreuves.

INGRES (d'après)

365 — La Chapelle sixtine, par Sudre, très grand in-folio. Epreuve avant la lettre sur chine.

366 — Françoise de Rimini, par Aubry Le Comte. — Odalisque, par Sudre. Trois pièces.

367 — Portraits de Bartolini, de Bombelles, et portrait de femme à l'eau-forte pure, par L. de Fournier, in-folio. Onze pièces en nombre.

JACOBÉ (J.)

368 — La Salle du Modèle, de l'Académie des Beaux-Arts à Vienne, d'après Guadal, grand in-fol. Très belle épreuve avant toute lettre et avant les armes.

369 — La même estampe. Très belle épreuve avant la lettre, avec les armes.

370 — La même estampe. Epreuve avec la lettre.

JAZET

371 — Le duc d'Orléans passant en revue le 1er régiment de hussards. — Bivouac du 3e régiment de hussards, commandés par le colonel Moncey, grand in-fol. Deux pièces, très belles épreuves.

JAZET

372 — Bivouac de Cosaques, d'après Swebach, avant la lettre.
— Les Enfants de Paris devant Witespk, d'après Horace
Vernet, grand in fol. Deux pièces.

373 — Bonaparte dans l'île Sainte-Hélène, d'après Martinet.—
Tombeau de Napoléon à Sainte-Hélène, avant la lettre,
grand in-fol. Deux pièces, très belles épreuves.

JAZET et GIRARD

374 — Judith et Holopherne, d'après H. Vernet. — Le Jugement de Salomon. — Daniel dans la fosse aux lions,
d'après Ziegler, grand in-fol. Quatre pièces, dont deux
avant la lettre.

LAGRÉNÉE

375 — Les Amours enchaînés par les Grâces. — Les Grâces
enchaînées par les Amours, par Lempereur et Chaponnier.
Deux pièces.

376 — Les mêmes estampes. Épreuves à l'eau-forte pure.

LANDRY (P.)

377 — Le Bal de village, d'après Ostade, très grand in-folio.
Belle épreuve. Rare.

LAUGIER

378 — Sainte Anne, la Vierge et l'enfant Jésus, d'après Léonard de Vinci. Très belle épreuve.

379 — Bonaparte à Jaffa, d'après Gros, grand in-fol. Deux
très belles épreuves, grandes marges.

LAUGIER et GELÉE

380 — Daphnis et Chloé, d'après Hersent. Deux épreuves
avant la lettre, dont une tachée.

LAUGIER et J. GODEFROY

381 — Héro et Léandre. — Mort de Léandre, d'après Delorme.
— Mort de Sapho, d'après Gros. — Ossian, d'après Gérard. Cinq pièces, dont une avant la lettre.

LEDOUX

382 — Molière et sa servante. — Boileau et son jardinier,
d'après Hillemacher. Deux pièces, belles épreuves.

LEHMANN (Aug.)

383 — Dante aux enfers, d'après H. Flandrin. Epreuve d'artiste sur chine.

LEMUD (A. DE)

384 — Le Rêve de Beethoven, grand in-fol. Très belle épreuve
d'artiste sur chine.

LE PAON

385 — Revue de la maison du Roi au Trou d'Enfer, par l e
Bas. Très belle épreuve du 1er état avant que les armoiries aient été supprimées.

LÉPICIÉ (N.)

386 — La Demande acceptée, par Bervic. Très belle épreuve.

LESPINASSE (DE)

387 — Vue de Paris prise du pont Royal. — Vue prise du port
Saint-Paul. — Vue prise de l'ancien port au blé, par Ber-
thault. Trois pièces, belles épreuves.

LIGNON (F.)

388 — Mlle Mars, d'après Gérard, in-fol. Très belle épreuve
avant la lettre.

LONGHI (G.)

389 — La Madeleine, d'après le Corrège. Belle épreuve sur
chine. — Plus une copie.

MALLET

390 — Le premier baiser de l'Amour, par Copia. Belle
épreuve.

MARCHAND (J.)

391 — Napoléon Ier à cheval, d'après Chabord. Belle épreuve.

MAROT (F.) exc.

392 — Olivier Cromwell à cheval, in-folio. Belle épreuve. Rare.

MARTINET (Ach.)

393 — Charles Ier insulté par ses soldats, d'après Paul Delaroche. Très belle épreuve sur chine.

394 — Le duc Pasquier en pied, d'après Horace Vernet, in-fol. Epreuve d'artiste sur chine.

MASSARD (J.)

395 — Charles Ier et sa famille, d'après Van Dyck. Epreuve avant toute lettre non entièrement terminée.

MASSARD (J. et R.)

396 — Hippocrate refusant les présents d'Artaxercès, d'après Girodet. — La Mort de Socrate, d'après David. Deux pièces, belles épreuves.

MASSARD (Raph-Urb.)

397 — Atala, d'après Girodet. Sept épreuves, grandes marges.

MASSARD, PORPORATI et INGOUF

398 — Rébecca présentée à Abraham, par Sarah. — La Mort d'Abel. — Canadiens au tombeau de leur enfant. Trois pièces avant la lettre.

MONNIER (H.)

399 — Physionomies de Paris. Suite de douze pièces et un frontispice, très belles épreuves en noir.

MOREAU le Jeune

400 — L'Arrivée du Roi et de la Reine à l'hôtel de Ville, grand in-fol. Très belle épreuve avant la lettre.

[MORGHEN (Raph.)

401 — La Jurisprudence, d'après Raphaël. Très belle épreuve, toute marge.

402 — Là Charité, d'après le Corrège. Très belle épreuve.

MORGHEN et RICCIANI

403 — Les Nymphes de Diane au bain, d'après le Dominiquin. — Judith tenant la tête d'Holopherne, d'après P. Arétin, grand in-fol. Deux pièces, belles épreuves.

MERCURY (P.)

404 — Sainte Amélie, d'après Paul Delaroche. Très belle épreuve sur chine.

MÉRIGOT

405 — La Place Colonna à Rome pendant le carnaval, d'après La Chesnaie, in-fol. Quatre épreuves.

MULLER (J.-G.)

406 — Louis XVI en pied, d'après Duplessis. Très belle épreuve.

MULLER (H.-C.)

407 — L'Enlèvement de Psyché, d'après Prud'hon. Epreuve avant la lettre, les noms des artistes à la pointe.

NORBLIN (P.)

408 — Le Christ présenté au peuple. Très belle épreuve sur chine volant.

OLLIVIER (D.)

409 — Première et deuxième vues de l'île Barbe à Lyon, par Martini et Le Bas, grand in-fol. Deux pièces avant la lettre. Rares.

PÉRELLE et autres

410 — Paysages. Environ deux cents pièces.

PETIT

411 — Armand Jules, prince de Rohan, archevêque de Reims
d'après Rigaud. — Louis, dauphin de France, en pied.
Deux pièces, belles épreuves.

PIRINGER

412 — Le Matin. — Le Midi. — Le Soir. — La Nuit, d'après
Claude Lorrain. Treize épreuves coloriées, en nombre.

PRADIER (C.-S.)

413 — Regnault de Saint-Jean-d'Angely, en pied, d'après
Gérard. Epreuve avant la lettre, toute marge.

PRÉVOST (Z.)

414 — Les Moissonneuses, d'après Léopold Robert, grand in-
folio. Très belle belle épreuve sur chine.

415 — Corinne au cap Misène, d'après Gérard. Quatre
épreuves, grandes marges.

PRUDHON (P.-P.)

416 — Constitution française, par Copia. Superbe épreuve
avec les noms des artistes à la pointe et avant les quatre
lignes au-dessous de la tablette, toute marge; déchirures
dans la marge du haut.

417 — La même estampe. Belle épreuve.

418 — L'Enlèvement de Psyché, par H. C. Muller. Deux
épreuves, dont uns d'artiste, les noms à la pointe, avant
le cachet, et l'autre non terminée.

419 — Le Zéphir, par Laugier. Très belle épreuve, toute
marge.

420 — L'Amour séduit l'Innocence, par Roger. Deux épreuves,
toute marge.

421 — La Justice et la Vengeance divines poursuivant le
crime, par F. Gelée. Très belle épreuve avant la lettre,
sur chine.

PRUDHON (P.-P.)

422 — Le Triomphe de Napoléon, par Maurin, grand in-fol.
Quatorze épreuves sur chine dont treize avant la lettre.

QUÉNEDEY et CHRÉTIEN

423 — Portraits divers. Quarante et une pièces.

REMBRANDT (d'après)

424 — L'Ecce Homo, la Descente de croix, la Pièce aux Cent
florins, etc., reproductions, in-fol. Six pièces.

RICHOMME (J.-T.)

425 — La Vierge au Livre, d'après Raphaël. Très belle
épreuve avant la lettre.

426 — Neptune et Amphitrite, d'après Jules Romain. Très
belle épreuve d'artiste, toute marge.

427 — Henri IV et ses enfants. — Mort de Léonard de Vinci,
d'après Ingres. Deux pièces, dont une avant la lettre.

428 — Mort de Léonard de Vinci, d'après Ingres, in-fol. Quatorze épreuves d'essai et d'artiste.

RICHOMME et CORNILLIET

429 — Les Enfants de Louis XVI, d'après Robert Fleury. —
Les derniers adieux de Marie-Antoinette, d'après Henry
Bource. — Condamnation de la princesse de Lamballe,
d'après Desnos. — Bienfaisance, d'après Ed. Dubuffe.
Quatre pièces, belles épreuves.

RICHOMME et ROMANET

430 — Adam et Ève, d'après Raphaël. — Le Sommeil d'après
le Titien. Deux pièces, belles épreuves.

ROLLET et ALLAIS

431 — Henri III visitant sa ménagerie de singes et de perro-
quets, d'après Comte. — Shakespeare dans sa famille,
d'après Hamman, très grand in-fol. Deux pièces, très
belles épreuves.

RUHIERRE (E.)

432 — Henri IV chez Michaud, d'après Menjaud, in-fol
Épreuve à l'eau-forte pure.

433 — La Capitulation d'Ulm, d'après Victor Adam et Steuben, très grand in-fol. Douze épreuves dont une coloriée,
quatre avant la lettre et cinq à l'eau forte pure.

SAINT-EVE (J.-M.)

434 — La Poésie, d'après Raphaël. Épreuve avant la lettre,
sur chine.

SCHUPPEN (P. Van)

435 — L. Fr. Lefèvre de Caumartin, P. Pithou, Ch. Maurice
Le Tellier, in-fol. Trois pièces, belles épreuves.

SIXDÉNIERS

436 — La Mort de Raphaël, d'après Bergeret, grand in-fol.
Épreuve d'artiste sur chine.

STEINMULLER (J.)

437 — La Vierge de Vienne, d'après Raphaël, in-fol. Vingt-
deux épreuves, presque toutes avant la lettre ou non terminées.

TOSCHI (P.)

438 — Charles-Emmanuel, roi de Sardaigne, à cheval, d'a-
près Horace Vernet. Très belle épreuve avant la lettre,
toute marge.

TRINQUESSE

439 — La Sortie du bain, par Lempereur. Très belle épreuve,
grandes marges.

VALLET (G.)

440 — En-tête de la Révocation de l'édit de Nantes, d'après
Paillet, grand in-fol. Belle épreuve, restaurée. Rare.

VANGÉLISTY

441 — Le comte de Vergennes, d'après Callet. Très belle
épreuve.

VARIN (A. ET E.)

442 — Le Christ marchant sur la mer, d'après Jalabert. Très
belle épreuve sur chine.

VERMEULEN

443 — N. Van der Borcht, Jean de Brunenc, Hubert Jaillot,
géographe, Bardo-l'ardi, in-fol. Quatre pièces.

VERNET (Jos.)

444 — Vues des ports d'Antibes, Toulon, Bayonne, Bordeaux,
Rome, Naples, grand in-fol. Onze pièces.

VERNET (Carle)

445 — Rendez-vous de chasse, grand in-fol., sept épreuves,
avant toute lettre, non terminées.

VOLPATO ET AUTRES

446 — Paysages, d'après Claude Lorrain. Quatre pièces, belles
épreuves.

WILLE (P.-A.)

447 — Le patriotisme français. — La double récompense du
mérite, par Avril, in-fol. Deux pièces, très belles épreuves.

WOOLLETT (W.) ET KLAUBER

448 — La Bataille de la Hogue, d'après Benjamin West, in-fol.
Deux pièces, très belles épreuves.

ZAAL (J.) ET P. LEEUW

449 — La Chasse au sanglier, d'après Snyders. — La Chasse
au lion, d'après Rubens. Deux pièces, très belles épreuves.

GRAVURES EN LOTS

450 — Sujets religieux anciens. Vingt-deux pièces, belles épreuves.

451 — Sujets religieux gravés à l'aquatinte, grand in-fol. Vingt-quatre pièces.

452 — Sujets religieux, la plupart modernes. Vingt-cinq pièces.

453 — Sujets historiques gravés à la manière noire, grand in-fol Quatorze pièces.

454 — Sujets gracieux et mythologiques. Quarante pièces, dont plusieurs avant la lettre.

455 — Sujets de genre gravés à la manière noire, grand in-fol. Dix-sept pièces.

456 — Sujets de l'Ecole anglaise moderne, grand in-fol. Six pièces, très belles épreuves.

457 — Estampes publiées par la Société des Amis des Arts. Seize pièces, dont plusieurs avant la lettre.

458 — Eaux fortes par Dunoüy, Klein, Londonio, Pinelli, etc. Environ cent pièces.

459 — Portraits du dix-septième siècle, grand in-fol. Six pièces, belles épreuves.

460 — Portraits anciens, in-fol. Quarante-neuf pièces.

461 — Portraits étrangers anciens, in-fol Dix-sept pièces, dont une avant la lettre.

462 — Portraits et sujets anciens à l'eau-forte pure. Neuf pièces.

463 — Portraits tirés des émaux de Petitot. Quarante-cinq pièces coloriées.

4

9 782329 455426